14 MAI 1906

Collection de M. GUILHOU

OBJETS DE VITRINE

ET DE CURIOSITÉ

Paris — 1906

Collection de M. GUILHOU

OBJETS DE VITRINE

ET DE CURIOSITÉ

CONDITIONS DE LA VENTE

Elle sera faite au comptant.

Les acquéreurs paieront *dix pour cent* en sus des enchères.

Paris. — Imp. Georges Petit, 12, rue Godot-de-Mauroi. — [illegible]

CATALOGUE

DES

OBJETS DE VITRINE

ET DE

CURIOSITÉ

Bonbonnières et Tabatières

des époques Louis XV et Louis XVI

BIJOUX — MONTRES — OBJETS VARIÉS

DES XVIIe ET XVIIIe SIÈCLES

Provenant de la

Collection de M. GUILHOU

ET DONT LA VENTE AURA LIEU A PARIS

HOTEL DROUOT, SALLE N° 7

Les Lundi 14 et Mardi 15 Mai 1906

à 2 heures

COMMISSAIRE-PRISEUR

Me PAUL CHEVALLIER

10, rue Grange-Batelière, 10

EXPERTS

M. H. HOUZEAU | **MM. MANNHEIM**

4, rue de la Paix, 4 | 7, rue Saint-Georges, 7

EXPOSITIONS

PARTICULIÈRE : *Le Samedi 12 Mai 1906, de 1 heure 1/2 à 5 heures 1/2*

PUBLIQUE : *Le Dimanche 13 Mai 1906, de 1 heure 1/2 à 5 heures 1/2*

ORDRE DES VACATIONS

Le Lundi 14 Mai 1906

Montres . . . . N°s 1 à 19
Boites. . . . . 20 à 49

Le Mardi 15 Mai 1906

Bijoux. . . . . 50 à 72
Objets de vitrine . . . . 73 à 86
Objets divers. . . . . 87 à 103

Objets d'Art & d'Ameublement

MONTRES

1 — MONTRE à répétition, à double boîtier, de *Gerritt Rensman*; le boîtier extérieur, partiellement ajouré, présente, sur la cuvette, une plaque d'agate comprise dans une monture en or, et sur laquelle est appliquée une corbeille de fleurs exécutée en diamants montés argent. Le boîtier intérieur, en or repercé, est décoré de rinceaux et d'animaux. Commencement du XVIIIe siècle.

Diam., 60 millim.

2 — MONTRE à double boîtier en or repercé: cuvette extérieure présentant l'Adoration des Mages. Mouvement de *Madiot, London*. Commencement du XVIIIe siècle.

Diam., 45 millim.

3 — MONTRE, présentant sur la cuvette un émail sur cuivre, composition allégorique: monture en or. Époque Louis XV.

Diam., 45 millim.

4 — MONTRE de *Le Roy, à Paris*, présentant un émail sur cuivre, bouquet de fleurs sur fond blanc. Monture en or. Époque Louis XV.

Diam., 45 millim.

5 — MONTRE à double boîtier en or; boîtier extérieur repoussé et ciselé, présentant l'Annonciation. Mouvement signé ***Morin Marchinville***. Époque Louis XV.

Diam., 50 millim.

6 — MONTRE à répétition, en fer ciselé et partiellement doré, à sujet allégorique; mouvement de *Grégoire, à Rouen*. Époque Louis XV.

Diam., 50 millim.

Musée Cognacq

7 — MONTRE en or, cuvette en cuivre émaillé bleu, à reliefs, et applications d'or : Rébecca et Éliezer, avec la signature *G. Bourier*. Mouvement de *Julien Le Roy, à Paris*. Époque Louis XV.

Diam., 50 millim.

8 — MONTRE en or; cuvette en cuivre émaillé, présentant à l'extérieur un sujet galant. Mouvement signé ***Lepechon, à Saint-Brière***. Époque Louis XV.

Diam., 50 millim.

9 — MONTRE en or émaillé en plein, présentant un personnage occupé à boire, accompagné d'une femme. Mouvement signé ***Dupont, à Paris***. Époque Louis XV.

Diam., 30 millim.

10 — MONTRE à répétition, à double boîtier en or repoussé; cuvette ornée d'un sujet d'enlèvement de style antique, en relief. Mouvement de ***Grantham, London***. Milieu du XVIIIe siècle.

Diam., 50 millim.

Musée Cognacq

11 — MONTRE à répétition à double boîtier de ***Goodman, London***; le boîtier extérieur, en or repercé à rocailles, est enrichi de plaques d'agate et de rubis montés argent. Boîtier intérieur en or ajouré, milieu du XVIIIe siècle.

Diam., 50 millim.

Musée (

Musée

16

1

15

11

6

3

84

4

12 — MONTRE en or émaillé à l'imitation de l'agate ; lunette enrichie de roses. Mouvement de *Jean Fazy*. Milieu du XVIIIe siècle.

Diam., 40 millim.

13 — MONTRE à répétition à double boîtier en or repercé et ciselé ; rocailles et coquillages sur la cuvette extérieure. Mouvement signé : *Cabrié, London*. Milieu du XVIIIe siècle.

Diam., 50 millim.

14 — MONTRE en ancienne porcelaine de Saxe, décorée de fleurs ; monture en or ; poussoirs en roses. Mouvement de *Poncet, à Dresde*. Milieu du XVIIIe siècle.

Diam., 40 millim.

15 — MONTRE à répétition à double boîtier, de *Fleetwood, London*. Le boîtier extérieur, en or émaillé en plein, est décoré d'un bouquet de fleurs en couleurs, sur fond réservé, strié et repercé. Boîtier intérieur en or ajouré. Milieu du XVIIIe siècle.

Diam., 45 millim.

16 — MONTRE à répétition à double boîtier de *Tregent, London*. Le boîtier extérieur, en or émaillé en plein, présente une corbeille de fleurs en couleurs sur fond réservé et quadrillé. Boîtier intérieur ajouré. Milieu du XVIIIe siècle.

Diam., 50 millim.

17 — MONTRE en or de couleur émaillé à sujet galant : bordure de petites feuilles et de demi-perles. Mouvement de *Falcony à Paris*. Poussoir formé d'une rose. Époque Louis XVI.

Diam., 40 millim.

18 — MONTRE à répétition en or de couleur partiellement émaillé bleu, ornée d'une rosace enrichie de roses et de rubis, ainsi que la lunette. Mouvement signé : *Vauchez, à Paris*. Époque Louis XVI.

Diam., 40 millim.

19 — MONTRE forme coquille en or émaillé bleu, mouvement de *Bréguet, à Paris*. Époque Louis XVI.

Diam., 35 millim.

BOITES

20 — BOITE ronde, en ancienne porcelaine de Saxe, décorée de bâtons rompus sur fond vert. Au revers du couvercle, une corbeille de fleurs. Monture en cuivre.

Diam., 75 millim.

21 — BOITE rectangulaire en ancienne porcelaine de Saxe, décorée de petites réserves contenant, l'une, un lion et un amour, les autres des fleurs se détachant sur fond strié violet. Au revers du couvercle, Hercule et Omphale. Monture en or.

Long., 75 millim.; larg., 55 millim.

22 — BOITE rectangulaire en ancienne porcelaine de Saxe, à couvercle et pourtour cloutés de marcassites. Dessous décoré d'un amour dans un petit médaillon quadrilobé. Revers du couvercle orné d'une composition allégorique. Monture en or.

Long., 80 millim.; larg., 65 millim.

Vente de Thuisy, 1901.

23 — BOITE ovale en ancienne porcelaine tendre, décorée sur toutes les faces de compositions dans la manière de Téniers, avec encadrements de rocailles. Monture en or.

Grand diam., 80 millim.; petit diam., 65 millim.

24 — BOITE simulant un tabouret en ancienne porcelaine tendre de Sèvres, à décor de fleurs et de rubans. Monture en argent doré.

Long., 60 millim.; larg., 50 millim.

Vente de Thuisy, 1901.

25 — Boite ovale en ancienne porcelaine tendre de Sèvres, à décor de roses et cordons de feuilles de laurier. Monture en argent.

Grand diam., 65 millim.; petit diam., 50 millim.

Vente Lelong, 1903.

26 — Boite oblongue à pans coupés, en or ciselé, présentant sur chaque face des plaques d'agate herborisée, encadrées d'émail bleu ainsi que de guirlandes en or. Bordures de feuilles d'acanthe et montants cannelés. Sur la gorge, la marque : *Dreys, à Paris.* Poinçons d'Alaterre, adjudicataire des droits de marque, année 1770-71. Époque Louis XV.

Long., 80 millim.; larg., 60 millim.

27 — Boite ovale décorée sur toutes les faces de fixés présentant des paysages animés et des marines. Monture en or ciselé à décor de guirlandes, d'entrelacs et de colonnettes jumelles. Poinçons d'Alaterre, adjudicataire des droits de marque, année 1772-73. Époque Louis XV.

Grand diam., 70 millim.; petit diam., 50 millim.

28 — Boite ovale en or émaillé en plein, ornée, sur toutes les faces, de marines en grisaille. Bordures et montants partiellement émaillés, à décor de rameaux et de petits médaillons simulant l'agate herborisée. Poinçons d'Alaterre, adjudicataire des droits de marque, année 1773-74. Époque Louis XV.

Grand diam., 85 millim.; petit diam., 65 millim.

29 — Boite rectangulaire en or de couleur ciselé, à décor de guirlandes et cordons de feuillages, et partiellement émaillée à bouquets de fleurs sur fond gris. Poinçons de Fouache, régisseur des droits de marque. Époque Louis XV.

Long., 80 millim.; larg., 40 millim.

30 — Boite rectangulaire en or partiellement émaillé en plein, à décor de fleurs et feuilles en rouge et vert, disposées en quinconce sur fond d'or strié. Époque Louis XV.

Long., 70 millim.; larg., 50 millim.

31 — Drageoir formé d'émaux sur cuivre, présentant sur le couvercle une nymphe au bain, épiée par un satyre. Le pourtour offre des paysages animés et le dessous, une allégorie de l'Abondance. Monture à cage en or. Époque Louis XV.

Long., 60 millim.; larg., 45 millim.

4520

32 — Boite oblongue en or émaillé en plein, décorée sur toutes les faces de branches fleuries en couleurs sur fond réservé et strié. Époque Louis XV.

Long., 60 millim.; larg., 45 millim.

revendue 5005 fr. vente Ephrussi 16 déc. 1911, n. 12

33 — Boite rectangulaire, composée de panneaux de nacre gravée avec applications d'or, de burgau, d'agate, etc., à sujets de style chinois. Monture à cage en or ciselé à feuillages et rocailles. Époque Louis XV.

Musée Cognacq

Long., 80 millim.; larg., 60 millim.

Vente de Thuisy, 1901. n. 54

34 — Grand drageoir en or de couleur, ciselé et enrichi de diamants; le couvercle présente l'apothéose d'un héros. Le pourtour est orné de trophées et de rocailles et le dessous d'une composition allégorique. Sur la gorge, le nom de ***Mondon à Paris***. Époque Louis XV.

Long., 95 millim.; larg., 75 millim.

35 — Boite ronde en or émaillé en plein, décorée de motifs étoilés en rouge sur fond jaune chamois. Bordure partiellement émaillée à petites feuilles, rangées d'oves et cordons de perles simulées; sur la gorge, la marque du *petit Dunquerque*. Poinçons de Fouache, régisseur des droits de marque, année 1776-77. Époque Louis XVI.

Diam., 70 millim.

Vente T. P., 1901.

25

33

24

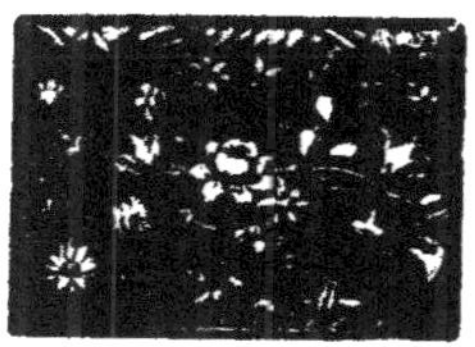

32

28

31

46

47

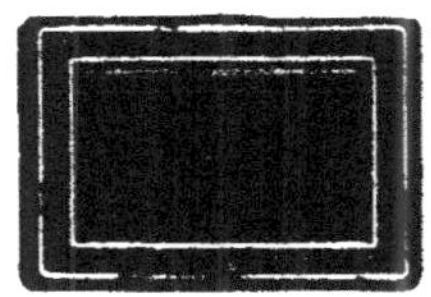

49

4520

revendue 50
Effrussi 16

Musée Cog

25

33

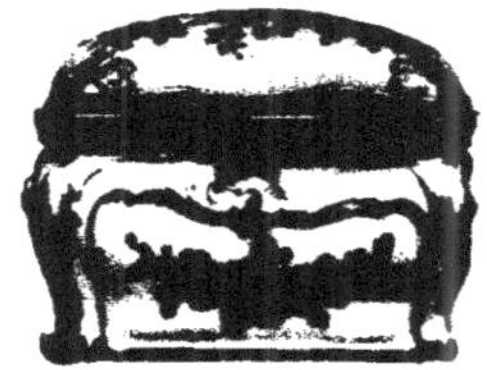
24

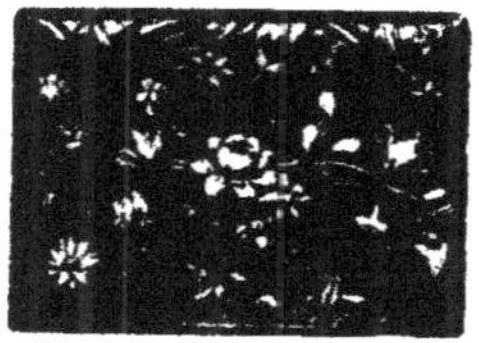
32

28

31

46

47

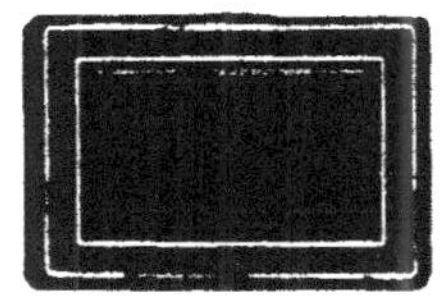
40

36 — Boite ronde en écaille brune galonnée d'or ; sur le couvercle, miniature : jeunes femmes se baignant dans une rivière. Signée du monogramme *A. L.* et datée : *1776*. Poinçons de Fouache, régisseur des droits de marque, année 1778-79. Époque Louis XVI.

Diam., 75 millim.

Vente T. P., 1901.

37 — Boite ronde en or émaillé en plein, à décor de fleurettes semées sur fond gris perle ; bordures partiellement émaillées à petites feuilles, entrelacs et filets blancs, enrichies de demi-perles. Poinçons de Clavel, régisseur des droits de marque, année 1780-81. Époque Louis XVI.

Diam., 60 millim.

38 — Boite ovale en or émaillé violet, ornée sur le couvercle d'une peinture sur émail : la mort de Cléopâtre. Bordures et montants composés de demi-perles ; dessous encadré d'une course de petites feuilles émaillées vert. Poinçons de Clavel, régisseur des droits de marque, année 1782-83. Époque Louis XVI.

Grand diam., 90 millim.; petit diam., 65 millim.

39 — Boite ronde, décorée en vert au vernis et galonnée de cuivre doré. Sur le couvercle, miniature, portrait de jeune femme en buste, portant un corsage vert décolleté, signée : *Vestier pinxit, 1784*. Époque Louis XVI.

Diam., 80 millim.

40 — Boite à mouches et à fards rectangulaire en or émaillé en plein, à décor d'étoiles réservées sur fond bleu. Encadrements de cordelières. Compartiments émaillés à l'intérieur, pinceau à blaireau monté or, dessous formant un autre compartiment renfermant un miroir. Poinçons de Clavel, régisseur des droits de marque. Époque Louis XVI.

Long., 55 millim.; larg., 35 millim.

41 — Boite ronde en or émaillé bleu avec bordures à entrelacs, rangs de perles simulés, etc. Le couvercle présente une miniature, portrait de seigneur, en buste, portant l'ordre de la Toison d'or. Autour de la miniature, des entrelacs et des encadrements concentriques de roses et de jargons. Le revers du couvercle porte l'inscription : *Given to the Earl of St. Vincent by the Prince Regent of Portugal and left as an heirloom to Rochetts.* Année 1785.

Diam., 85 millim.

42 — Boite ronde en or émaillé gris bleuté avec bordures de petites feuilles et perles simulées, émaillées en couleur sur fond d'or amati. Deuxième moitié du XVIIIe siècle. Le couvercle présente une peinture sur émail du XVIIe siècle, par Petitot : portrait de Louis XIV en buste, portant l'armure et le cordon de l'ordre du Saint-Esprit, et coiffé de la perruque.

Diam., 80 millim.

Vente de Thuisy, 1901.

43 — Boite ronde en poudre d'écaille grise lamée et galonnée d'or, ornée, sur le couvercle, d'un petit bas-relief en cire sur fond peint, représentant de jeunes femmes au bain. Époque Louis XVI.

Diam., 80 millim.

44 — Boite oblongue à pans coupés, composée de panneaux d'ambre dans une monture à cage, en or de couleur ciselé à feuilles d'acanthe. Sur le couvercle, peinture sur émail : la leçon de musique. Époque Louis XVI.

Long., 65 millim.; larg., 50 millim

Vente de Thuisy, 1901.

45 — Boite ronde à pourtour de cristal, couvercle et fond en ancienne porcelaine de Saxe, décor de fleurs et monture en or partiellement émaillé. Sur le pourtour, l'inscription : *Prenez-en*, exécutée en roses montées argent. Époque Louis XVI.

Musée Cognac

Diam., 55 millim.

Vente de Goncourt, 1897.

46 — Boite à mouches et à fards rectangulaire en or de couleur ciselé, décorée d'un médaillon allégorique, de pois semés et d'encadrements à feuilles et entrelacs. Intérieur contenant un compartiment. Pinceau à blaireau monté or. Dessous formant un autre compartiment avec miroir. Époque Louis XVI.

Long., 55 millim.; larg., 35 millim.

47 — Boite à mouches de forme ovale en or émaillé en plein, à motifs de fleurs et rinceaux en réserve sur fond bleu clair, bordures jaunes à petites feuilles. Intérieur à deux compartiments et avec glace. Poinçons de Clavel, régisseur des droits de marque. Époque Louis XVI. Musée Cognacq

Grand diam., 60 millim.; petit diam., 45 millim.

48 — Boite ronde en or émaillé gris bleuté ; sur le couvercle, peinture sur émail, portrait d'homme, attribuée à Adam. Époque Louis XVI.

Diam., 70 millim.

49 — Boite rectangulaire, composée de plaques de lapis, montée à cage en or gravé. Sur la gorge, le nom : *Tiron et Ducrollay, bjers du Roy à Paris*. Époque Louis XVI.

Long., 65 millim.; larg., 45 millim.

BIJOUX

50 — Collier en or émaillé, à décor d'oiseaux et de rinceaux et enrichi de perles. Italie, fin du xvie siècle.

Long., 35 cent.

51 — Fragment de collier en or émaillé, à maillons formés de motifs réguliers et enrichis de petites perles. Fin du xvie siècle.

Long., 23 cent.

52 — Chaine de cou en or émaillé blanc et noir, à maillons simulant des nœuds de rubans. Fin du xvie siècle.

Long., 1 m. 12.

53 — CHAINE DE COU en or émaillé vert et blanc, à maillons formés de motifs rayonnants. Espagne, fin du XVIe siècle.

Long., 1 m. 06.

54-55 — TROIS PAIRES DE PENDANTS D'OREILLES en or émaillé et perles. Espagne, XVIIe siècle.

Haut., 65, 50 et 30 millim.

56 — BIJOU-PENDELOQUE en or émaillé, enrichi d'émeraudes, présentant une perruche sur une branche fleurie. Époque Louis XIII.

Haut., 70 millim.

57 — DEUX PENDANTS D'OREILLES en or, avec traces d'émail, à décor d'oiseaux et enrichis de perles. Espagne, XVIIe siècle.

Haut., 70 millim.

58 — DEUX PENDANTS D'OREILLES en or, avec traces d'émail, enrichis de perles, analogues aux précédents, mais plus petits. Espagne, XVIIe siècle.

Haut., 50 millim.

59 — BRELOQUE en forme de petit panier en cuivre émaillé, montée argent et pierres fines. Espagne, XVIIe siècle.

Haut., 30 millim.

60 — AMULETTE en forme de main en corail, montée or émaillé. Espagne, XVIIe siècle.

Haut., 40 millim.

61 — SAINT-ESPRIT en or émaillé, enrichi d'émeraudes. Espagne, XVIIe siècle.

Haut., 50 millim.

62 — PETIT PENDANT en forme de licorne en or émaillé, suspendue à une chaînette enrichie de perles. Espagne, XVIIe siècle.

Haut., 35 millim.

63 — PETIT PENDANT en or émaillé noir et blanc, formée d'un flacon suspendu à une chaînette. Espagne, XVIIe siècle.

Haut., 60 millim.

51
68
57
61
57
56
50

64 — FIGURINE en argent doré : saint personnage. XVIIe siècle.

Haut., 45 millim.

65 — BIJOU-RELIQUAIRE orné d'une peinture sous cristal présentant le Christ. Cadre en argent doré. Espagne, XVIIe siècle.

Haut., 45 millim.

66 — ÉCRIN DE BAGUE en cristal de roche, monté or. Époque Louis XV.

Haut., 30 millim.

67 — BIJOU-PENDELOQUE en forme de nef, montée par de petits personnages; or émaillé, enrichi de perles. XVIIe siècle.

Haut., 60 millim.; larg., 65 millim.

68 — BIJOU-PENDELOQUE forme coquille, en or émaillé vert, enrichi d'émeraudes. XVIIe siècle.

Haut., 65 millim.

69 — BIJOU-PENDELOQUE en argent, enrichi de diamants tables et d'émeraudes et présentant une peinture sur émail, attribuée à Petitot : jeune femme en buste, enguirlandée de fleurs. XVIIe siècle.

Haut., 60 millim.; larg., 40 millim.

70 — BIJOU-PENDELOQUE présentant une peinture sur émail, attribuée à Petitot : portrait de femme en buste, dans un encadrement de filigranes d'or enrichis de perles. XVIIe siècle.

Haut., 50 millim.; larg., 45 millim.

71 — CROIX PECTORALE en cuivre émaillé, à sujets saints; monture en or partiellement émaillé à torsades. XVIIe siècle.

Haut., 90 millim.; larg., 55 millim.

72 — CROIX PECTORALE en aventurine de Venise, montée en or émaillé blanc. XVIIe siècle.

Haut., 140 millim.; larg., 85 millim.

OBJETS DE VITRINE

73 — LOUPE décorée en rouge au vernis et montée en or ciselé. Époque Louis XVI.

Larg., 80 millim.

74 — COUTEAU pliant, à lames d'or et d'acier, manche en or émaillé en plein, à décor de figures et rocailles. Poinçons de Brichard, sous-fermier des droits de marque, année 1756-57. Époque Louis XV.

Long., 11 cent.

musée Cognacq

75 — COUTEAU à lames d'or et d'acier interchangeables ; manche en or de couleur partiellement émaillé bleu. Époque Louis XVI.

Long., 19 cent.

76 — COUTEAU pliant, à lame d'or, manche en or partiellement émaillé, à guirlandes réservées sur fond bleu. Époque Louis XVI.

Long., 11 cent.

Vente de Goncourt, 1897.

77 — COUTEAU pliant, à lames d'or et d'acier et manche en or émaillé en plein, décoré d'étoiles en réserve sur fond bleu, avec bordures de petites feuilles partiellement émaillées sur fond amati. Époque Louis XVI.

Long., 10 cent.

Vente T. P...., 1901.

78 — NÉCESSAIRE en agate herborisée, montée or, à décor de rocailles et animaux avec la devise : *J'adore la main qui me tient.* Ustensiles à l'intérieur. Milieu du XVIIIe siècle.

Haut., 50 millim.; long., 45 millim.

musée

82

29

80

31

79

81

67

79 — FLACON en forme de balustre, en or ciselé à rocailles, orné de deux plaques d'agate herborisée et enrichi de diamants, saphirs et rubis, simulant des fleurs et des feuilles; bouchon composé de motifs analogues exécutés en diamants et rubis. Époque Louis XVI.

Haut., 85 millim.

80 — ÉTUI à cire cylindrique, ovale de plan, en or émaillé, en plein, en gris verdâtre. Bordures de petites feuilles, encadrant des perles simulées, en or partiellement émaillé sur fond amati. Poinçons d'Alaterre, adjudicataire des droits de marque, année 1768-69. Époque Louis XV.

Haut., 12 cent.

81 — CARNET PORTE-TABLETTES, décoré au vernis Martin, orné d'oiseaux sur des arbres se détachant sur fond vieil or, avec l'inscription : *Souvenir d'amitié sincère*, sur le dos du carnet. Monture en or. Époque Louis XV.

Haut., 95 millim.; larg., 65 millim.

82 — ÉTUI à cire cylindrique, ovale de plan, en or émaillé en plein à décor de petits motifs réguliers sur fond gros bleu, avec bordures à rinceaux et pierreries simulées partiellement émaillées sur fond amati. Époque Louis XVI.

Haut., 12 cent.

83 — ÉTUI-NÉCESSAIRE de forme aplatie, en or partiellement émaillé en plein, à décor de fleurs en couleurs, sur fond réservé et gravé à chevrons. Ustensiles à l'intérieur. Fin du XVIIIe siècle.

Haut., 100 millim.; larg., 40 millim.

84 — FLACON-BALUSTRE avec crochet de suspension en or repoussé et ciselé et partiellement émaillé en plein, à décor de fleurs et animaux en couleurs sur fond amati réservé. Milieu du XVIIIe siècle.

Haut. totale, 16 cent.

85 — Étui cylindrique décoré au vernis Martin et galonné d'or gravé : sur la partie supérieure, personnages se battant ; à la partie inférieure, querelle entre des passants et un porteur d'eau.

Haut., 15 cent.

86 — Étui porte-tablettes décoré, au vernis, de baguettes enrubanées en couleurs sur fond vert pâle. Monture en or de couleur ciselé à fleurs. Une des faces présente une miniature : portrait de femme, l'autre un monogramme exécuté en or.

Haut., 90 millim. ; larg., 55 millim.

OBJETS DIVERS

87 — Petit chandelier en cuivre gravé, tige à pans, base hexagonale. XIVe siècle.

Haut., 12 cent.

88 — Coffret oblong à couvercle bombé, en laque noire ; monture à pilastres en cuivre ciselé et doré, ornée de feuilles et têtes de chérubins, avec poignée rattachée à des mascarons. Sur le pourtour se détachent six médaillons en cuivre gravé et doré, à sujets tirés de l'Histoire de Suzanne ; une tourelle de même métal, placée sur la face antérieure, forme cadenas à lettres. Époque François Ier.

Haut., 13 cent. ; larg., 17 cent.

Vente du Baron Pichon, 1897.

89 — Coffret en fer, partiellement incrusté d'argent et d'or, décoré d'arabesques. Travail vénitien du XVIe siècle.

Haut., 9 cent. ; larg., 13 cent.

90 — Deux bas-reliefs microscopiques, de forme ronde, en bois sculpté, le Christ couronné d'épines, avec les Donateurs au premier plan ; le Christ crucifié. Travail allemand du XVIe siècle. Monture en argent doré.

Diam., 35 millim.

38

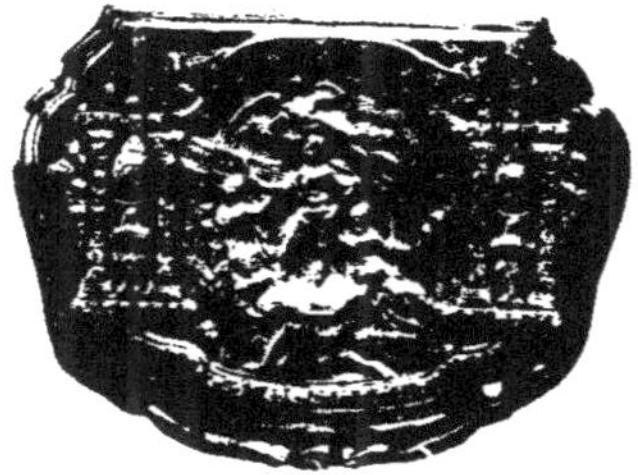
34

28

37

77

86

74

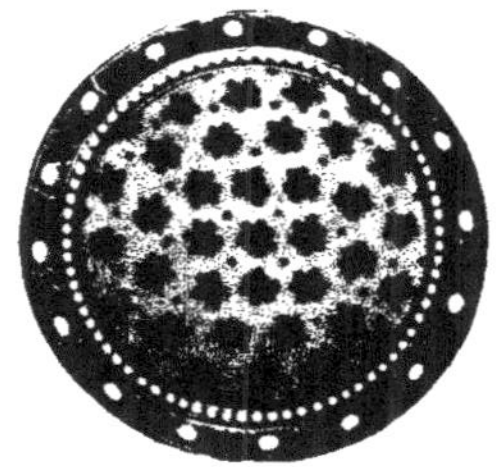
35

91 — HORLOGE circulaire en bronze gravé et doré, à dôme ajouré portant le cadran, et pourtour décoré de médaillons, trophées d'armes, mascarons et figurines. La plaque de dessous porte les armes de Nogaret, marquis de Lavalette. Signée à l'intérieur : *Cyper Blois*. Étui de voyage en cuir. France, fin du XVIe siècle.

Haut., 10 cent.; diam., 12 cent.

Vente Leroux, 1896.

92 — LAMPE D'ÉGLISE en argent repoussé et ciselé, à décor de feuillages et godrons. Avec trois chaînettes et monture intermédiaire. Époque Louis XIV.

Diam., 27 cent.

Vente du Baron Pichon, 1897.

93 — MÉDAILLE en bronze doré : portrait d'homme en armure, avec la légende : RAN . FAR . PAR . ET . PLA . DUX . VI. Revers : allégorie. XVIIe siècle.

Diam., 55 millim.

94 — PETIT MÉDAILLON émaillé sur or, attribué à Bordier : portrait de femme en buste, costumée en Diane. Époque Louis XIV.

Diam., 25 millim.

95 — PETIT MÉDAILLON émaillé sur or, attribué à Bordier : portrait d'homme en buste, costumé en Mercure. Époque Louis XIV.

Diam., 25 millim.

96 — PETIT MÉDAILLON ovale, présentant sur chaque face une peinture sur émail : portrait de femme en buste. Époque Louis XIV.

Grand diam., 28 millim. ; petit diam. 25 millim.

97 — MINIATURE ovale : portrait d'un chevalier de la Toison d'or. XVIIIe siècle.

Grand diam., 40 millim. ; petit diam., 30 millim.

98 — Deux dés à coudre en cuivre émaillé à fleurs. xviiie siècle.

Haut., 20 millim.

99-100 — Quatre dés à coudre variés en or et cuivre émaillé du xviiie siècle. Seront divisés.

Haut., 15 et 20 millim.

101 — Encadrement de visage de Vierge en argent. Espagne, xviiie siècle.

Haut., 17 cent.; larg., 15 cent.

102 — Encadrement de visage de Vierge en argent repoussé à rocailles. Espagne, xviiie siècle.

Haut., 25 cent.; larg., 20 cent.

103 — Coffret en cuivre damasquiné d'argent, à décor de bâtons rompus encadrés de personnages et d'animaux. Ancien travail oriental.

Haut., 95 millim.; larg., 125 millim.

Collection de M. GUILHOU

OBJETS DE VITRINE

ET DE CURIOSITÉ

Carte d'Entrée à l'Exposition particulière

HOTEL DROUOT, Salle N° 7

Le Samedi 12 Mai 1906, de 1 heure 1/2 à 5 heures 1/2

COMMISSAIRE-PRISEUR

Me PAUL CHEVALLIER, 10, rue Grange-Batelière

EXPERTS

M. H. HOUZEAU	MM. MANNHEIM
[illegible], rue de la Paix	[illegible]

www.ingramcontent.com/pod-product-compliance
Ingram Content Group UK Ltd.
Pitfield, Milton Keynes, MK11 3LW, UK
UKHW032008260826
14628UKWH00005B/2357

9 782329 433844